UN SOUVENIR

DE

RHEINFELDEN

CANTON D'ARGOVIE.

Histoire, — Climat, température et géologie, —
Environs, — Les bains salins, —
Guérisons, — Epilogue.

In sale salus !

par

D. BROSSARD,

avocat.

BERNE.
IMPRIMERIE FISCHER.
1868.

UN SOUVENIR

DE

RHEINFELDEN

CANTON D'ARGOVIE.

*Histoire, — Climat, température et géologie, —
Environs, — Les bains salins, —
Guérisons, — Epilogue.*

In sale salus!

par

D. BROSSARD,

avocat.

BERNE.
Alex. Fischer, imprimeur.
1868.

DÉDICACE.

Je dédie ce petit livre en premier lieu à la ville de Rheinfelden, par reconnaissance pour l'accueil bienveillant et cordial que j'y ai rencontré pendant mon séjour, l'été dernier; en outre par reconnaissance pour l'immense soulagement que ses bains ont apporté à mes maux. En second lieu je le dédie à tous les amis de l'humanité souffrante et à ceux qui s'occupent de l'art de guérir. On y verra de quelle efficacité peut être le sel dans une foule de maladies réputées incurables; on y verra encore que Rheinfelden est devenu un asile où les plaies les plus profondes se cicatrisent et où des milliers de personnes ont été rendues à la vie et à la santé.

BERNE, en décembre 1867.

UN SOUVENIR

DE

RHEINFELDEN.

Histoire.

Nous croyons que dans la Suisse française, on ne lira pas, sans intérêt, quelques détails sur Rheinfelden. Ce riant séjour mérite d'être plus connu sous tous les rapports.

Rheinfelden est une petite ville de 2.000 âmes faisant partie du Canton d'Argovie; elle est située à 3 lieues au dessus de Bâle, sur la rive gauche du Rhin; les flots écumants du fleuve en baignent les murs. Environnée d'un côté de fortes et épaisses murailles, flanquées de tours, elle présente au touriste étonné l'aspect d'une ville féodale. Mais peu à peu ces impressions s'effacent lorsque l'on apperçoit les anciens fossés convertis en jardins émaillés de fleurs. Les meurtrières des remparts encore existants ne sont plus gardées par des hommes d'armes bardés de fer, l'arbalète en main, attendant l'attaque de l'ennemi; tout est calme et tranquille; çà et là sur ces murailles lézardées et portant encore les traces des sièges qu'elles ont soutenus, croissent quelques arbrisseaux et sur «la porte d'en bas», on voit aujourd'hui un nid de cigognes; ces charmants oiseaux ont remplacé la sentinelle qui jadis faisait le guet pour avertir la garnison du péril dont la ville était menacée. — Parmi les édifices remarquables de Rheinfelden on peut citer l'église collégiale qui renferme divers objets d'art, l'hôtel de ville dont l'une des salles est ornée de magnifiques vitraux peints, et la maison d'école de construction moderne. Le Rhin seul sépare la Suisse du duché de Bade. Au milieu du fleuve s'élève un îlot relié aux deux bords par un pont couvert qui sert de passage aux habitants des deux pays. Cet îlot le *Stein* offre actuellement aux baigneurs de beaux ombrages pour s'y reposer pendant la chaleur de l'été et, comme nous le verrons tout à l'heure, il paraît avoir été le berceau de la ville.

Bien des siècles avant que l'histoire fit mention de *Rheinfelden*, toute la contrée appartenait à la belliqueuse nation des Rauraques. Ceux-ci ayant été défaits par Jules César, les Romains en prirent possession. Comme l'on retrouve encore, en plusieurs endroits, des vestiges de constructions romaines et des pièces de monnaie appartenant à ces temps reculés, il est très probable que les dominateurs du monde bâtirent un château fort sur le *Stein*; les chroniqueurs en attribuent l'établissement à l'empereur Valentinien.

L'empire romain ayant été ébranlé jusque dans ses fondements par l'invasion des barbares, la capitale de la Rauracie fut détruite par les Huns et les Allemans, qui occupèrent le pays; plus tard celui-ci passa sous la domination des Francs. C'est alors que le vénérable Irlandais, Fridolin, vint prêcher le christianisme dans ces contrées; Säckingen lui doit son origine; aussi les cendres de son fondateur reposent-elles dans la magnifique église abbatiale de cette ville.

C'est seulement vers le 10me siècle que l'histoire parle pour la première fois de *Rheinfelden*. — A la même époque vivaient les puissants *comtes de Rheinfelden;* ces seigneurs issus de la maison de Lorraine occupaient le *Stein* et ils contractèrent des alliances avec maintes familles princières de l'Europe. Rodolphe, troisième comte de ce nom, laissa un fils qui mourut, et trois filles, dont l'une épousa Berchtold II, duc de Zæhringen. Ce mariage fit tomber le château et la seigneurie de Rheinfelden sous le sceptre de la maison de Zæhringen. Quelques habitations se groupèrent autour du manoir et c'est ainsi que se fonda la ville de Rheinfelden, selon toute probabilité au commencement du 12me siècle; déjà sous Berchtold V, dernier duc de Zæhringen (1204), Rheinfelden est qualifié de *«ville entourée de murs, possédant une commanderie de chevaliers de St-Jean de Jérusalem.»*

Quatorze ans après s'éteignit la famille de Zæhringen; à la suite de cet évènement la ville de Rheinfelden et les possessions qui en dépendaient échurent à l'empereur d'Allemagne. Frédéric II et son fils Henri lui octroyèrent ses premières franchises. Plus tard Rheinfelden fut en difficulté avec le comte Rodolphe de Habsburg qui traita la ville en ennemie; ayant été couronné empereur en 1273, Rodolphe oublia non seulement son ancienne inimitié envers Rheinfelden, mais il confirma encore ses anciennes franchises et ne cessa de lui donner, jusqu'à sa mort, des témoignages du plus vif intérêt. Ses successeurs, Adolphe de Nassau et Albert d'Autriche, en firent de même et l'épouse d'Albert séjournait justement à Rheinfelden lorsque son mari fut assassiné près de Windisch.

Pendant les guerres de la maison d'Autriche avec les Confédérés (1re moitié du 14e siècle), la ville de Rheinfelden fit toujours cause commune avec le duc; on vit son contingent prendre part au siège de Zürich en 1353, puis aux batailles de Sempach et de Näfels où périrent plusieurs de ses guerriers. Au 15e siècle Rheinfelden combattit de nouveau avec la maison d'Autriche dans la guerre qu'elle eut à soutenir contre Bâle. La ville fût assiégée par les Bâlois ayant pour auxiliaires des troupes de Berne et de Strasbourg; l'ennemi ne s'en tint pas là; il brûla et saccagea encore plusieurs villages des environs. Après le rétablissement de la paix, Frédéric IV, duc d'Autriche, confirma de nouveau solennellement tous les droits et privilèges de la ville, en récompense de sa fidélité. A la suite d'un conflit entre le duc Frédéric et l'empereur Sigismond, Rheinfelden prit parti pour ce dernier. Plus tard lorsque l'empereur Frédéric, appuyé de Zurich, déclara la guerre aux Confédérés, les habitants de Rheinfelden saisirent cette occasion pour contracter une alliance avec Bâle, Berne et Soleure; ils prenaient leur revanche parce que Frédéric n'avait pas voulu, comme son prédécesseur, reconnaître l'indépendance de la ville de toute domination autre que celle de l'empire. Ces évènements amenèrent des hostilités ; le *Stein*, réputé imprenable, était occupé par une garnison autrichienne ; les citoyens de Rheinfelden, soutenus de leurs alliés, assiégèrent et prirent cette forteresse. Mais l'ennemi parvint, le 23 octobre 1448, à s'emparer de la ville par surprise ; elle fut livrée au pillage, et le vainqueur chassa impitoyablement de leurs demeures tous les habitants supposés hostiles à l'Autriche. Cependant le duc Albert se rendit en personne à Rheinfelden pour y rétablir l'ordre et, à cette occasion, il confirma de rechef une grande partie des droits de la ville. Depuis cette époque Rheinfelden fit preuve, pendant plus de trois siècles, d'une fidélité inébranlable envers la maison d'Autriche ; lors de la guerre *de Souabe*, la bannière de la ville flotta toujours au milieu des drapeaux autrichiens.

Dans la première partie du 16e siècle des tentatives furent faites pour introduire à Rheinfelden les doctrines de la réformation, mais en définitive elles n'eurent pas de succès. Les habitants restèrent aussi dévoués à la foi de leurs pères qu'à la maison d'Autriche ; ils le prouvèrent encore, en 1525, pendant la guerre des paysans, et plus tard, à diverses reprises, en combattant dans les rangs autrichiens, avec les trois autres villes impériales de Säckingen, Laufenburg et Waldshut, dont l'histoire est intimément liée à celle de Rheinfelden.

La situation de la ville était devenue prospère au commencement du 17ᵉ siècle, lorsqu'éclata la guerre de 30 ans qui fit d'horribles ravages dans une grande partie de l'Europe. Rheinfelden devait en ressentir les effets désastreux; pendant plusieurs années le théâtre de la guerre se concentra dans les environs et les pays voisins, sujets de l'Autriche. Durant le court espace de 6 ans, la ville eut à subir trois sièges successifs. La première fois, en 1632, elle fut surprise par le landgrave Othon-Louis; mais peu après, elle retomba au pouvoir de l'Autriche. — L'année suivante le landgrave Jean-Philippe assiéga Rheinfelden. Le général de Mercy qui commandait la petite garnison, défendit vaillamment la place pendant six mois; il fit de brillantes sorties et ne se décida à capituler que lorsque toutes les provisions de bouche et les munitions de guerre furent épuisées, sans espoir de pouvoir les remplacer (18 août 1634). Toutefois la ville ne resta pas longtemps au pouvoir du landgrave; les Impériaux la reprirent après la bataille de Nördlingen. — Au mois de février 1638, cette malheureuse cité fut de rechef investie par le duc Bernard de Saxe-Weimar; dès le début la défense fit des prodiges de valeur; mais, dans une rencontre hors des murs, les Impériaux furent totalement défaits, ce qui amena la reddition de la place; Bernard en prit possession et la conserva jusqu'à sa mort. — Rheinfelden fut ensuite occupé par les troupes françaises qui, deux années seulement après la paix d'Osnabrück, abandonnèrent de nouveau cet important point stratégique à la maison d'Autriche. — La ville devait encore essuyer un assaut vers la fin du même siècle./ Elle fut cernée, pour la quatrième fois, en 1678, par le maréchal Créqui, lorsque les armées françaises envahirent l'extrême frontière des possessions autrichiennes. La place se trouva dans le plus grand danger; déjà les français tenaient le pont du Rhin en leur pouvoir, lorsque la ville fut sauvée par la présence d'esprit de son premier magistrat. Ce citoyen intrépide donna l'ordre d'incendier le pont, ce qui fit périr, soit dans le feu, soit dans les flots, près de 2,000 Français; un grand nombre d'Impériaux subirent le même sort en repoussant les attaques de l'ennemi; c'est dans cette terrible mêlée que le jeune prince Bernard de Bade, âgé seulement de 20 ans, voulant se sauver, se précipita, à cheval, dans le fleuve; il y trouva la mort. Loin de se décourager, Créqui se retira sur la rive droite du Rhin, d'où il bombarda, pendant plusieurs jours, la ville qui fut presque réduite en cendres; mais la défense héroïque de la garnison força ce général de lever le siège, et il se replia avec ses troupes dans le margraviat de Bade. — Déjà pendant la guerre de 30 ans, les Français appréciant toute l'importance de la position de Rheinfelden, en avaient augmenté les fortifications; plus tard l'Autriche en construisit de nouvelles.

Durant la première moitié du 18e siècle, la ville courut de nouveaux dangers. — La guerre de la succession d'Espagne amena un nouvel envahissement des possessions autrichiennes par les armées françaises. Le maréchal de Villars et son successeur imposèrent à ces contrées d'énormes contributions de guerre qui les ruinèrent. La bataille d'Hochstätten, livrée en 1704, mit fin à ces rapines ; l'ennemi fut chassé du pays ; mais ceux qui l'en avaient délivré allèrent encore plus loin ; ils rançonnèrent impitoyablement les habitants, et mirent de fortes garnisons dans plusieurs villes. — En 1742, pendant la guerre de Marie-Thérèse contre la France, le maréchal de Bellisle pénétra avec une forte armée dans le Breisgau ; après avoir pris bon nombre de places importantes, il fit proclamer par les habitants l'électeur de Bavière empereur d'Allemagne, sous le nom de Charles VII. Les trois villes impériales de Waldshut, Laufenburg et Säckingen se soumirent ; Rheinfelden seul résista. La petite garnison qui gardait le *Stein* repoussa avec succès les assiégeants ; mais le feu y ayant éclaté, force fut à ses braves défenseurs de se rendre avec la ville. Les Français firent sauter tous les ouvrages que la flamme avait épargnés et ils réduisèrent en ruines cette citadelle célèbre qui, tant de fois, avait abrité de puissants personnages et de têtes couronnées.

Au mois de janvier 1745, l'empereur Charles VII mourut et bientôt après fut conclue la paix entre la France et l'Autriche. Les résultats de cette paix se firent sentir dans toute leur efficacité. Les lois de Marie-Thérèse et de Joseph II amenèrent d'importantes modifications dans le régime municipal et dans les affaires scolaires ; elles mitigèrent aussi les peines ; cela rendit le calme aux populations si éprouvées jusqu'alors, et aujourd'hui le souvenir de ces bienfaits est encore vivant dans toute la contrée.

Joseph II lui-même fit, à trois reprises, un séjour à Rheinfelden; en 1778, 1779 et 1782; on conserve à l'hôtel de ville des tablettes qui en rappelent le souvenir. Inutile d'ajouter que ce prince confirma toutes les franchises de la ville, en les augmentant de nouveaux privilèges.

La révolution française amena de grands changements à Rheinfelden. Pendant la guerre de la République contre la maison d'Autriche, les Français occupèrent cette ville et tout le Frickthal, depuis le mois de juillet 1796 jusqu'en 1803. La retraite du général Moreau les obligea, pour un moment, d'évacuer la ville et les contrées environnantes; mais bientôt ils revinrent en maîtres absolus. Parmi les généraux qui séjournèrent à Rheinfelden, on doit citer entre autres : Soult, Bontems, Latour et Kellermann. Le général Ney s'est acquis des titres de reconnaissance, en sa qualité de ministre plénipotentiaire du premier Consul; il s'efforça, pendant deux années, à faire reconnaître l'indépendance du Frickthal, comme canton souverain de la République helvétique, ayant Rheinfelden pour chef-lieu.

Enfin, par le traité de paix de Lunéville, signé le 9 février 1801, l'Autriche céda la ville de Rheinfelden et le Frickthal à la France qui, à son tour, les rétrocéda à la République helvétique; toutefois ce n'est qu'après l'acte de médiation du premier Consul, le 12 mars 1803, que cette rétrocession déploya tous ses effets par la réunion définitive de Rheinfelden au canton d'Argovie.

Après avoir été dévouée, pendant six siècles, à la maison d'Autriche, la ville de Rheinfelden réunie au riche et beau canton d'Argovie, jouit maintenant de la paix qui règne au sein de notre chère patrie. Puisse-t-elle continuer à fleurir à l'ombre des lois et des institutions démocratiques qui la régissent !

Température, climat et géologie.

La ville de Rheinfelden est assise dans un bassin limité à l'ouest par la chaîne des Vosges, au nord par la Forêt-Noire, et au sud-est par les derniers versants du Jura. Cette contrée est, de toute la Suisse, l'une des moins élevées au-dessus du niveau de la mer. C'est là qu'aboutissent de plusieurs directions, chacune dans son genre de beauté particulière, quatre grandes vallées ; du côté du sud s'étendent les gorges pittoresques et romantiques du Jura bernois, parsemées de ruines, de villages et d'usines de tous genres ; à l'ouest se développe cette magnifique et riche contrée baignée par les flots majestueux du Rhin qui sépare, dans une grande partie de son cours, la France de l'Allemagne ; au nord-est la belle et fraîche vallée du Wisenthal, avec ses nombreuses fabriques où tout respire le bien-être et l'activité ; enfin à l'est le fertile Rheinthal avec ses prairies verdoyantes, ses coteaux couronnés de vignes et de forêts, le tout ayant pour fleuron les quatre anciennes villes forestières, si riches en souvenirs historiques.

Par sa position, Rheinfelden doit jouir et il jouit en réalité d'un climat doux et chaud; il en est redevable à sa proximité des vallées du Jura et des contrées inférieures du Rheinthal qui s'étendent du sud au nord. L'admirable climat de ces contrées, où croissent à l'envi, tant sur le sol français que sur le sol allemand, d'excellents vins, doit nécessairement exercer son influence salutaire sur la ville de Rheinfelden et ses environs. Il n'est donc pas étonnant d'y voir une luxuriante végétation; la terre se couvre de riches moissons; de toutes parts s'élèvent des cerisiers chargés des plus beaux fruits; les pêchers et les noyers surtout produisent d'abondantes récoltes; j'ai pu m'en convaincre moi-même dans mes promenades, à la vue des masses énormes de noix qui jonchaient le sol. Aussi tous les fruits parviennent à leur maturité au moins quinze jours plus tôt que dans l'Allemagne du sud, et dans les autres parties de la Suisse allemande. Les vallées latérales agissent également d'une manière vivifiante sur l'atmosphère et l'air pur qu'on respire à Rheinfelden; elles sont toutes d'une admirable fraîcheur; le terrain en est gras, facile à labourer, et de magnifiques forêts de pins, alternant çà et là avec de nombreux villages et hameaux, contribuent à donner beaucoup de variété à cet admirable paysage.

En somme, Rheinfelden est abrité contre le vent glacial du nord par les montagnes de la Forêt-noire; il est préservé de ces violentes rafales, qui se déchaînent du sud au sud-est, par les puissants contreforts du Jura; en revanche il profite des vents d'ouest et du nord-ouest qui rafraîchissent et purifient l'air, en faisant tomber, de temps à autre, des ondées bienfaisantes. On peut encore attribuer la grande salubrité du pays aux vents poussés directement contre le courant du Rhin, qui roule ses flots impétueux sur des masses calcaires; ce jeu des éléments produit un changement d'air continuel. Il ne faut donc pas être surpris si, depuis 1815, époque désastreuse où le typhus fut importé en Suisse par les armées alliées, il ne s'est plus présenté à Rheinfelden un seul cas de maladie épidémique, telle que dyssenterie, fièvre nerveuse ou enfin de choléra, quoique cette dernière maladie ait sévi avec beaucoup d'intensité, non loin de là, notamment à Bâle en 1855.

Ces dernières années, on a fait, à l'ombre, des observations météorologiques les plus exactes, tant sur les bords du Rhin, que sur les points les plus élevés de la ville. Il en ressort que, depuis le mois d'avril jusqu'en octobre, la moyenne de la température varie de 8.60° jusqu'à 9.35° R.; pendant les chaleurs de l'été elle varie de 15 jusqu'à 26° R. Ces calculs prouvent jusqu'à l'évidence que le climat de Rheinfelden est doux, puisque les variations dans le thermomètre sont peu considérables; on ne pourrait donc choisir un climat plus favorable pour faire une cure de bains.

Sans être géologue, nous croyons néanmoins devoir donner ici quelques indications sur la formation des terrains dans les environs de Rheinfelden: nous les avons recueillies çà et là et nous les livrons au lecteur qui voudra bien user d'indulgence à notre égard, si, peut-être, nous n'employons pas les mots sacramentels ou techniques.

La formation primitive paraît être une couche épaisse de grès mélangé, sur laquelle sont superposés des amas considérables de coquilles calcaires; le terrain de transition, entre ces deux couches, se compose d'un banc assez mince de pierre calcaire proprement dite. Mr Lutzelschwab, chimiste à Rheinfelden, nous apprend qu'à deux kilomètres au sud de cette ville, on peut voir, sur la rive gauche du Rhin, un magnifique profil de cette pierre *(Wellenkalk)*, profil qui n'a pas moins de 70 pieds; il ajoute qu'on distingue très exactement les dépôts ondulés qui ont formé les couches successives. Au dessus se développent immédiatement des bancs de marne et des amas de gypse, sel gemme etc.; puis des terrains marneux; enfin la dernière formation est une couche compacte de coquilles calcaires. Voilà, eu résumé, ce que nous avions à dire au sujet de la formation des terrains aux alentours de Rheinfelden, laissant aux savants qui s'occupent de cette branche si intéressante, le soin de publier le résultat de leurs études à cet égard.

En terminant, nous ne pouvons passer sous silence une magnifique caverne située dans la contrée de Hasel *(Erdmannshöhle)*. Voici ce qu'en dit le même chimiste : «Cette caverne, véritable merveille de la nature, n'est pas d'une seule pièce, mais elle est formée par une série de conduits et de souterrains qui se relient les uns aux autres; chacun d'eux porte un nom particulier, tel que *La Chapelle*, *Le Caveau* etc. Au fond de l'abîme on entend le bruit d'un ruisseau. L'eau découle en abondance des parois de ces demeures souterraines et l'on voit s'élever du sol, groupées dans les formes les plus bizarres, des stalagmites qui, se réunissant comme des colonnes gigantesques, aux stalactites suspendues à la voûte, paraissent leur servir de point d'appui. Il existe entre Hasel et Schopfheim un étang *(Eichner-See)*, qui se remplit d'eau pendant les sécheresses; en revanche il se vide dans les temps pluvieux; cet étang correspond à la caverne *Erdmannshöhle*.

Environs.

C'est ici, que le touriste ou le baigneur peut faire une riche moisson. Explorons d'abord le sol helvétique. Nous avons déjà parlé du *Stein* situé à la porte de la ville, et si nous y revenons, c'est pour en faire connaître la beauté aux personnes faibles et aux valétudinaires qui ne peuvent plus aller bien loin à pied. J'y allais pour me reposer après mes longues promenades. Là, assis à l'ombre sur un banc rustique, je voyais couler à mes pieds les flots argentés du Rhin, poursuivant paisiblement son cours vers Bâle; en face je portais mes regards sur le joli village de *Warmbach*, distant de 20 minutes de Rheinfelden. Mais, c'est au coucher du soleil, que j'aimais à méditer au milieu des arbustes odoriférants de ce beau jardin, toujours ouvert au public; les derniers rayons de l'astre du jour répandaient sur la contrée une teinte d'or et d'azur; un calme mystérieux planait dans toute la nature; il n'était interrompu que par une brise légère agitant mollement le feuillage, et par les chants joyeux de quelques laboureurs revenant de leurs travaux. — L'âme est émotionnée profondément par un pareil spectacle, et l'on se recueille en silence. Un soir, plongé plus que d'habitude dans une profonde rêverie, je sentis mes paupières s'appesantir; petit-à-petit, je tombai dans douce somnolence. Tout-à-coup je vis, comme à travers une vapeur diaphane, apparaître et défiler successivement devant moi les graves figures des anciens Romains, celles des hauts et puissants comtes de Rheinfelden, armés de toutes pièces, accompagnés de leurs nobles dames, puis les silhouettes martiales des divers princes et souverains du St-Empire romain; tout cela suivi de pages, d'écuyers, de varlets et de soldats. Cette nuée muette de fantômes disparut en un clin-d'œil et, comme par enchantement, dans un océan de brume qui l'environnait de toutes parts.... J'entendis ensuite d'immenses clameurs et des cris de morts; une lueur rougeâtre et sinistre apparut; coup sur coup jaillirent des gerbes de feu; l'incendie avait envahi le *Stein*, qui bientôt ne présenta plus qu'un tas de décombres. Il me sembla que j'allais être, moi-même, enseveli sous ces ruines, lorsque je sortis de ma léthargie, ne sachant pas d'abord si j'avais rêvé ou veillé; mais insensiblement je revins à moi en sentant l'air frais de la nuit, et en apercevant la lune qui s'élevait brillante sur l'horizon;

je reconnus alors avoir été le jouet d'une illusion fantastique. — En rentrant à mon hôtel, les réflexions se pressèrent en foule dans mon esprit ; je comparais les siècles passés aux temps actuels, à notre civilisation et aux admirables progrès qu'elle a enfantés ; le *Stein*, ci-devant théâtre de tant de drames sanglants, est aujourd'hui un charmant parterre, pacifique enclos, où le calme a succédé au cliquetis des armes, et où des milliers de touristes viennent se retremper à l'air salubre qu'on y respire.

Après avoir passé le pont, à 5 minutes de la ville, on arrive à la gare du chemin de fer badois, assise sur un petit coteau planté de vignes. On y trouve un restaurant avec un jardin bien ombragé.

A l'est, et à un quart de lieue au dessus de Rheinfelden, on apperçoit sur une éminence dominant la vallée du Rhin, de vastes et beaux bâtiments ; ce sont *les salines*. Cet établissement mérite une mention spéciale, car il est devenu pour la ville et le pays une source de richesse et de prospérité. — Les premiers sondages ont été opérés en 1843, non loin des murs de Rheinfelden ; mais ils n'ont pas produit les résultats qu'on en attendait. Renouvelés l'année suivante, près des salines actuelles, ces sondages ont été couronnés d'un éclatant succès ; ils amenèrent la découverte, à 400 pieds de profondeur, d'un mine gigantesque de sel gemme, dont les couches varient de 25 à 40 pieds d'épaisseur. Il se forma ensuite une société pour l'exploitation de cette mine ; des bâtiments s'élevèrent et, depuis cette époque, l'établissement n'a cessé d'être des plus florissants. Les salines offrent aux baigneurs une promenade magnifique : on peut y arriver par deux chemins différents : d'un côté en suivant le cours du Rhin, à travers de riches prairies, et en gravissant une pente légère ; de l'autre par une large et belle route, peu inclinée, traversant une admirable forêt taillée et sillonnée de sentiers bien entretenus ; on trouve de distance en distance, des bancs, où le promeneur peut se livrer au repos et aux charmes d'une douce rêverie. Une immense terrasse soutient les nouvelles constructions ; elle ressemble à un jardin anglais paré de ses plus beaux atours ; à gauche, s'élève un gracieux pavillon où l'on arrive à l'aide de quelques marches. Là, vous attend un panorama des plus variés ; à vos pieds les flots bouillonnants du Rhin ; un peu plus loin la vielle cité impériale avec ses tours et ses remparts, et devant vous les montagnes si romantiques de la Forêt-Noire. — Une des premières choses qui frappe la vue en débouchant de la forêt, c'est une inscription portant en gros caractères : *«In Sale Salus»* ; inscription vraie, si jamais il en fut. — J'ai visité en détail ce magnifique établissement et, sans aucun doute, ce qu'il y a de plus curieux, c'est la puissante machine avec laquelle on pompe l'eau salée *(die Soole)*, d'une profondeur de 400 pieds, niveau du Rhin. Cette eau se cuit dans d'énormes chaudières et donne le sel de cuisine. Les ouvriers chargés de cette opération ne sont pas très à leur aise ; ils travaillent dans de grandes pièces où règne une température de 30 à 35° Réaumur ; aussi ne peuvent-ils porter, pour tout vêtement, qu'un léger pantalon ou des caleçons. — On m'a raconté qu'on y avait déjà conduit de pauvres malades, à demi paralysés, auxquels on avait fait respirer les exhalaisons salines émanant des chaudières, et, qu'après leur avoir ainsi procuré d'abondantes transpirations, ils avaient obtenu un grand soulagement à leurs maux. — A 15 minutes de là se trouve *Ryburg*, autres salines qui prospèrent également. — Mais assez sur ce chapitre; continuons un peu plus loin le cours de nos pérégrinations.

A une lieue de Rheinfelden, dans la même direction, et en suivant la grande route d'Arau, on rencontre à gauche le village de *Möhlin*, situé dans un vallon des plus fertiles. Ce village enveloppé dans un massif d'arbres fruitiers, possède deux grandes brasseries et il paraît y régner beaucoup d'aisance; je l'ai visité ainsi que son église bâtie sur 'un monticule, d'où l'on jouit d'une fort belle vue.

Si l'on se dirige ensuite vers le sud, on arrive, après une forte demi heure de marche, au village de *Magden*. Rien de plus frais et de plus pittoresque; le chemin qui y conduit traverse une étroite vallée, arrosée par les eaux limpides d'un ruisseau. La vue se repose avec délices sur cette belle verdure, sur ces forêts touffues, et sur ces arbres pliant sous le poids des plus beaux fruits. Magden est un village d'une longueur interminable, renommé par ses vins rouges qui égalent bien des vins de France. J'ai voulu les goûter moi-même, et leur ai trouvé un excellent bouquet. La nouvelle maison d'école, qui sert en même temps de mairie, est un bel édifice; elle ne déparerait pas une ville et elle fait honneur aussi bien au gouvernement d'Argovie, qu'au village lui-même. L'église, très élevée, fait presque l'effet d'une forteresse; elle m'a paru fort ancienne et je regrette beaucoup de n'avoir pu en visiter l'intérieur. Du cimetière qui l'entoure, la vue plane sur l'ensemble des habitations, encaissées dans des montagnes, disposées en amphithéâtre; plongeant vers la droite du côté de Rheinfelden, on apperçoit à travers une échappée les cimes bleuâtres de la Forêt-Noire. Tout le mamelon, sur le haut duquel se trouve l'église, est tapissé de vignes qui produisent le vin rouge dont nous avons parlé.

J'ai toujours eu un goût très prononcé pour explorer les ruines, les vieux châteaux, les cloîtres etc. Une nouvelle occasion se présentait pour satisfaire ma curiosité. Par une belle après midi d'automne, je repris donc mon bâton de pélerin pour me rendre à *Olsberg*, antique monastère situé dans un vallon solitaire, à une lieue au sud de Rheinfelden. On traverse une forêt qui me parut ne pas avoir de bout; enfin j'arrivai à ma destination. — Olsberg fut fondé, il y a huit siècles, par les comtes de Rheinfelden, Froburg et Thierstein; ces seigneurs le dotèrent richement; c'était un couvent de femmes qui subsista jusqu'au règne de Joseph II, époque où il fut transformé en chapitre de chanoinesses; on n'y admettait que des dames de familles nobles. Cet état de choses ne dura pas très longtemps; un institut pour l'éducation de jeunes demoiselles remplaça les chanoinesses. En 1846, nouvelle transformation; dans le but de rendre hommage à Pestalozzi, le gouvernement y fonda une maison pour les pauvres. Enfin l'antique monastère d'Olsberg est devenu, depuis peu, un établissement de refuge pour les jeunes garçons abandonnés. Le vaisseau de l'église paraît gothique; mais la construction plus moderne de la tour, n'est pas en harmonie avec le restant de l'édifice; le tout est en assez mauvais état; aussi m'a-t-on dit qu'on allait y faire, sous peu, d'importantes réparations; quant aux bâtiments du couvent, ils sont spacieux et solidement construits. Il est seulement à regretter qu'on ait démoli une partie de l'aile qui communiquait à l'église; cela dépare l'ensemble des constructions et présente un peu l'aspect de ruines; mon opinion est partagée par plusieurs personnes à qui j'en ai parlé. A mon avis, on doit conserver, autant que possible, les anciens monuments et leur laisser leur caractère primitif. — A 5 minutes du ci-devant cloître d'Olsberg, se trouve le village du même nom; dans les environs il y croît du bon vin blanc.

En venant à Rheinfelden, je n'avais eu que le temps de traverser *Bâle* en omnibus, depuis la gare du chemin de fer central, jusqu'à celle du chemin de fer badois. N'ayant pas revu cette ville depuis 14 ans, je résolus de consacrer une journée à la parcourir, et, à mon retour, de passer à *Basel-Augst,* l'ancienne *Augusta Rauracorum,* pour visiter ses ruines célèbres. — Je pris donc un matin le chemin de fer badois, qui me transporta à Bâle en 20 minutes. Cette ville est méconnaissable pour celui qui n'y est pas retourné depuis quelques années. De toutes parts règne un mouvement inaccoutumé, principalement sur l'artère qui relie les deux gares, franco-suisse et allemande, distantes, l'une de l'autre, d'une demi-lieue. La plupart des anciennes fortifications ont disparu, pour faire place à de superbes quartiers et à de vastes promenades, depuis le faubourg des Cendres jusqu'à celui de St-Jean. Un grand nombre de portes et de vieilles tours ont été rasées; citons, entre autres, la porte des Cendres, celle de Pierre, de St-Blaise etc.; on a conservé le *Spahlenthor* à cause de sa valeur comme objet d'art. — Les nouvelles constructions qui ont frappé mes regards sont d'abord, le magnifique temple réformé de Ste-Elisabeth, au-haut de la rue franche; cet édifice, du à la munificence d'un M. Mérian, est bâti dans le style gothique avec des pierres grises, tirées des carrières d'Ostermundigen près de Berne; son clocher est surmonté d'une flèche élégante, et les vitraux peints de l'église sont de véritables chefs-d'œuvre; on dit que le tout a coûté 5 millions; un peu plus loin s'élève la gare du Central, monument grandiose environné d'hôtels et d'autres bâtiments splendides. De grandes transformations se sont aussi opérées au Petit-Bâle; on y remarque, entre autres, la nouvelle caserne du Klingenthal, la gare du chemin de fer badois, etc. etc. — Tous ces changements, Bâle les doit aux voies ferrées, qui remplacent petit-à-petit les anciennes routes et finiront par sillonner le globe entier; — qu'on se le tienne pour dit, toute contrée, qui n'a pas, ou qui ne peut avoir la vapeur à son aide, tombera dans un isolement qui la frappera de mort.

A une lieue et demie de Bâle, et à 15 minutes du Rhin, sur la rive gauche du fleuve, gisent les ruines d'*Augusta Rauracorum*, ancienne capitale de la Rauracie. Sur ces ruines s'élève aujourd'hui le village de *Basel-Augst*. L'antique cité des Rauraques fut fondée, neuf à dix ans, avant la naissance de Jésus-Christ, par une colonie romaine qui avait pris possession du pays. Cette ville a du être très considérable, si l'on en juge par les débris encore subsistants, et, comme nous l'avons dit, elle fut détruite pendant l'invasion des barbares. — C'est avec émotion que j'ai parcouru ce lieu célèbre dans l'histoire; à chaque pas vous trouvez des colonnes à demi-brisées, des pans de mur, des urnes funéraires et autres fragments de tout genre; quoique ces objets soient là, depuis 2,000 ans, ils sont encore remarquables par leur solidité extraordinaire. Le musée de Bâle possède une riche collection d'articles trouvés à Augusta Rauracorum. Mais, ce qu'il y a de plus intéressant à explorer, ce sont les restes de l'amphithéâtre qui se dessinent sur une petite élévation, à quelques minutes au sud du village; les diverses parties du mur d'enceinte, encore visibles à travers les broussailles, attestent jusqu'à quel degré de perfectionnement fut poussé l'art de bâtir, dans ces temps reculés; les constructions sont en briques, reliés avec un ciment qui les rendait aussi dures que le roc. C'est là, me disais-je, que se sont donnés ces jeux sanglants dont se repaîssait Rome païenne; mais toutes ces turpitudes ont été englouties dans le gouffre des siècles, par l'apparition de la Croix, par l'avènement du christianisme, qui devait civiliser les nations et les retirer de l'abrutissement où elles étaient plongées.

Pénétrons actuellement sur le sol allemand, chez nos bons voisins, les Badois. La Forêt-Noire est appelée la Suisse de l'Allemagne; je crois que ce n'est pas à tort, elle en possède les sublimes horreurs et les beautés, si l'on en excepte les Alpes aux cîmes glacées et aux neiges éternelles. — Après avoir franchi le Rhin, la vue se porte, à l'est de Rheinfelden, sur une plaine vaste et bien cultivée; elle s'appuye contre les derniers prolongements des montagnes du pays de Bade, au pied desquelles sont situés les villages de *Degerfelden*, *Nollingen* et *Beuggen*, et elle forme un triangle, dont Rheinfelden est le sommet. Dans son origine, Beuggen était la résidence des seigneurs de ce nom; puis il devint une commanderie des chevaliers de l'ordre teutonique. J'ai visité, avec beaucoup d'intérêt, ces vieux monuments qui portent encore le cachet des temps passés. L'entrée du manoir est ornée de l'écusson de ces chevaliers célèbres; quelques restes de remparts crénélés sont encore debout; les fossés sont convertis en vergers et jardins. Le bâtiment principal, devant lequel se trouve une cour spacieuse, est de construction moderne, et il sert aujourd'hui d'asile pour les indigents. C'est là que Henri Zeller, de pieuse mémoire, exerça, pendant 40 ans, son ministère de dévouement et d'amour, au milieu des pauvres, ses enfants, en les instruisant, les consolant, et en leur inspirant l'amour de la religion et de la vertu.

La plaine de Nollingen est célèbre dans les annales de la guerre de 30 ans. Elle fut teinte, à plusieurs reprises, du sang des armées belligérantes, notamment, en 1638, lorsque Rheinfelden fut investi par les troupes du duc Bernard de Saxe-Weimar. Une grande bataille s'y est livrée, à la suite de laquelle les Impériaux furent défaits; cette assertion se justifie, car on a trouvé, déjà plusieurs fois, en labourant, des débris d'armes, des ossements humains, etc. Le souvenir de ces évènements s'est perpétué de générations en générations. Ayant, un jour, adressé quelques questions là dessus, à un bon paysan qui ramassait du regain, il me répondit: «hélas, oui monsieur, bien des gens se sont entretués, dans le vieux temps, sur cette place, sans qu'on s'en soit inquiété; mais que, dans notre siècle, des hommes qui se disent civilisés, poussent encore à de pareilles boucheries, cela est pour nous, pauvres paysans, chose incompréhensible.»

Tous les coteaux dominant Degerfelden, Nollingen et Beuggen, sont garnis de vignobles, qui produisent d'excellents vins rouges et blancs. — A 20 minutes, au dessus de Beuggen, se trouve *Karsau*, beau point de vue, d'où l'on découvre le Jura, les Vosges, la Forêt-Noire, et, à travers une vapeur lointaine, les sommités étincelantes des Alpes; je m'y suis arrêté pendant quelque temps, pour admirer à loisir, cet imposant spectacle. De là, mes regards plongèrent dans la direction des villages de *Minseln* et d'*Adelhausen*; mais mes pauvres jambes n'étaient pas encore assez solides, pour hasarder une course aussi lointaine, dans ce dédale de monts et de vallées. J'aurais surtout voulu pousser mes investigations jusqu'au *Dinkelberg*, d'où la vue est encore plus belle et plus variée qu'à Karsau. — Le village de Degerfelden est situé à l'entrée des gorges, si pittoresques, qui conduisent à *Lörrach*, et dans la riche et industrieuse vallée du *Wiesenthal*. Cette vallée, longue de plusieurs lieues, est d'une admirable beauté et ses nombreuses usines prospèrent de jour en jour. Depuis quelques années, on a établi une voie ferrée depuis *Bâle* jusqu'à *Schopfheim*. Là, fut le berceau de Hebel, si connù par ses douces et gracieuses poésies. On y remarque les ruines du château de *Rötteln* que tous les voyageurs vont visiter.

Abandonnons, pour un moment, le bâton de pélerin, et montons en chemin de fer à Beuggen. La brûlante locomotive vous transporte à *Schwörstetten*, l'ancienne *Sanctium* des Romains; puis vous atteignez *Brennet*, renommé par les fines truites qu'on pêche dans la Werra. Si vous n'êtes pas pressé, et si vous désirez reprendre votre course, à pied, descendez alors de wagon; prenez à gauche et, en suivant une large et belle route, vous entrez dans la vallée de la *Werra*, paysage grandiose, qui vous plonge dans un ravissement indicible. Poursuivant votre chemin, vous arrivez à l'ancienne abbaye de St-Blaise, dont l'église fait l'admiration de tous les voyageurs. C'était autrefois un couvent de *Prémontrés*, religieux du même ordre qu'à *Bellelay*, dans l'ancien évêché de Bâle (Jura bernois). Les constructions, encore debout, de ces deux abbayes, attestent leur ancienne splendeur; elles sont aujourd'hui, l'une et l'autre, converties en établissements industriels.

Pour vous reposer de vos fatigues, remontez en chemin de fer à Brennet, et bientôt vous appercevez, dans une riante plaine, assise mollement sur les bords du Rhin, la jolie ville de Säckingen, avec les coupoles dorées de son église abbatiale. Nous l'avons dit, elle doit son origine à saint Fridolin, pieux solitaire, qui prêcha, dans le septième siècle, l'évangile aux peuples barbares de ces contrées. Pour être juste, on doit de la reconnaissance à ces hommes zélés, qui défrichèrent des landes, fondèrent des villes, et firent entendre, partout, des paroles de paix et d'abnégation. Pendant plusieurs siècles, Säckingen fut soumis à la domination de l'abbaye de ce nom; cette abbaye fut supprimée en 1805. Un pont couvert, d'une longueur interminable, relie le duché de Bade avec la Suisse, et facilite les relations journalières entre les habitants des deux pays. Depuis quelques années, Säckingen s'est transformé et embelli, grâce à la ligne du chemin de fer; l'industrie s'y est établie, et l'on peut prédire à cette ville un bel avenir.

Au dessus de Säckingen, toujours en amont du Rhin, on découvre bientôt le *Grand* et le *Petit Laufenburg*; celui-ci sur la rive droite, celui-là sur la rive gauche du fleuve. La situation de la ville est très pittoresque, je dirai presque sauvage. Le Grand Laufenburg est dominé par les restes du vieux donjon des comtes de Habsburg-Laufenburg. Un spectacle curieux, au-dessous du pont, c'est le lit du Rhin qui se rétrécit considérablement; la profondeur en est insondable, et les eaux se précipitent, par tourbillons, à travers des blocs de granit d'une telle solidité, que c'est à peine s'ils ont été ébréchés par l'action des flots, depuis des milliers d'années. — Non loin de la gare, s'élève un monticule couronné d'un belvédère, d'où la vue embrasse l'ensemble de ce panorama. Disons encore, pour la satisfaction des vrais gourmets, que l'on fait à Laufenburg une pêche abondante de saumons; la vente de ce poisson délicat, s'opère sur une vaste échelle, et elle est d'un grand rapport pour les habitants.

Après avoir traversé un petit tunnel, on arrive bientôt à *Albbrugg*, renommé par son grand établissement métallurgique. A gauche, le touriste peut se procurer la vue de nouvelles merveilles de la nature, en pénétrant dans les gorges fraîches et accidentées de l'*Albthal*; çà et là, on trouve des maisons d'habitation, des châlets suspendus aux rochers, des sources jaillisantes, de gras pâturages où paissent des troupeaux, et enfin les ruines imposantes du château de *Tiefenstein*, détruit par Rodolphe de Habsburg.

Mais, j'avais hâte de parvenir à *Waldshut*, la quatrième et dernière ville forestière; elle devait clôre la série de mes pérégrinations. Cette ville, à 9 lieues de Rheinfelden, est située sur une éminence dominant toute la vallée du Rhin. Elle n'est composée, à vrai dire, que d'une seule, mais longue et large rue, de sorte, qu'en entrant par une porte, vous voyez en droite ligne l'autre porte, face à face; les deux rues latérales sont sans importance. Comme les autres villes impériales, ses trois sœurs, Waldshut était aussi fortifié; on voit encore ses vastes et profonds fossés; quant aux remparts, il n'en reste plus que fort peu de vestiges. — Arrivé au coup de midi, je me rendis à l'hôtel du *Rebstock* (Cep de vigne), qui m'avait été recommandé. La recommandation était bonne; la table est succulente, surtout lorsqu'elle est arrosée d'un verre de vieux margraviat; les prix sont très raisonables, et je puis assurer que les touristes y trouveront un excellent accueil. Après le repas, l'un des sommeliers eut l'obligeance de me conduire au jardin de l'hôtel, sis sur une terrasse, d'où l'on jouit d'une belle vue, sur le cours du Rhin et les montagnes du canton d'Argovie. Voulant encore utiliser le peu de temps qui me restait, avant mon départ, je sortis de la ville, en prenant le chemin de la gare, pour visiter le pont du chemin de fer, construit sur le Rhin, il y a quelques années. Cet ouvrage d'art est à 20 minutes de Waldshut; à peu de distance, on abandonne la voie ferrée qui se dirige sur Schaffhouse et Constance, pour passer le pont avec les wagons suisses, et gagner le point de jonction de Turgi; de là on peut, à volonté, prendre le chemin de Zürich, pour se rendre dans la Suisse orientale, ou celui d'Aarau, pour atteindre la Suisse occidentale. Les abords de Waldshut sont bien entretenus; on y voit de jolies promenades plantées d'arbres touffus, avec des restaurants et jardins d'été; les rails-ways ont amené partout la vie et la circulation. En terminant, mentionnons encore le *Calvarienberg,*

(Mont du Calvaire) qui domine la ville; nous le recommandons aux amateurs de la belle nature. Mais bientôt j'entendis le sifflet de la locomotive; il fallut partir en disant adieu à ce beau pays.

Les bains salins.

Les étrangers et les malades sont attirés à Rheinfelden non seulement par la réputation méritée de ses bains, mais encore par l'affabilité et la politesse de ses habitants; j'ai pu m'en convaincre moimême et j'en ai été frappé. A chaque pas pour ainsi dire, soit en ville, soit à la campagne, vous êtes accueilli par des personnes de tout âge, de toute condition, avec un aimable sourire et un salut cordial; vous voyez accourir, à votre rencontre, des enfants roses et frais; ils s'empressent de vous tendre gracieusement leur gentille petite main. Quelle différence entre ce pays et certaines parties de la Suisse allemande, où la grossièreté est proverbiale?

Quelque temps après l'heureuse découverte des mines de sel, le professeur Bolley et d'autres hommes de l'art procédèrent à l'analyse des eaux. Ils reconnurent de suite qu'on pouvait les employer utilement, comme remède, dans bien des maladies. C'est donc dès cette époque, que date l'établissement des bains salins à Rheinfelden.

L'hôtel du *Carabinier (zum Schützen)*, fut le premier qui organisa et ouvrit des bains. Il est situé sur une élévation, au sud de la ville, et adossé contre

3

le rempart. Les environs de l'hôtel sont convertis en promenades et en jardins. Il y a place pour environ 80 baigneurs; les appartements sont élégants et confortables; l'on y trouve un salon de conversation, une salle de billard, de musique et de lecture; enfin les cabinets de bain sont spacieux, pourvus de douches, et de tous les autres appareils nécessaires pour l'emploi des bains de vapeur.

Le nombre des baigneurs augmentant d'année en année, de nouveaux établissements se formèrent pour satisfaire à tous les besoins. Est ensuite venu l'hôtel de la *Couronne,* rebâti presque entièrement à neuf, sis dans la rue principale de la ville. Il est pourvu d'un beau jardin et de plusieurs terrasses, d'où la vue plane sur le cours du Rhin et les montagnes de la Forêt-Noire. Pour éviter des répétitions, je dirai que cet établissement n'a rien à envier à son prédécesseur (l'hôtel du *Carabinier*); il en possède les agréments et le confort, tant sous le rapport du logement que de la table et du service; les moyens de distraction ne manquent pas non plus. Ici, je ne puis passer sous silence la brasserie si renommée, attenante à l'hôtel de la *Couronne.* Dans la même maison se trouve le cercle du *Frohsinn,* abondamment pourvu de journaux; j'ajouterai encore que tous les baigneurs doivent à la courtoisie de la Société, de pouvoir fréquenter, librement et sans aucune rétribution, le cercle du *Frohsinn.*

Si actuellement le baigneur préfère le séjour de la campagne, il sera satisfait, en mettant pied à terre au *Rhein-Sool-Bad,* hôtel plus récent, bâti sur les bords du Rhin, à une très petite distance de Rheinfelden, en amont du fleuve. Cette maison est aussi très bien tenue, sous tous les rapports, et sa position est ravissante; l'hôtel est environné de nombreux bosquets, de kiosques et de parterres; enfin le propriétaire a établi dans le Rhin un pavillon spacieux, où chacun peut prendre des bains froids moyennant une rétribution des plus modiques.

En rentrant en ville, on trouve presqu'au bout de la grande rue, près du pont, l'hôtel du *Vaisseau*, l'un des plus anciens de Rheinfelden; c'est seulement depuis deux ans qu'il y a un établissement de bains et déjà l'affluence est grande, grâce à l'activité de son propriétaire, qui nous promet de nouvelles améliorations, de nouveaux embellissements. Depuis la grande salle à manger, on domine le Rhin et les beaux vignobles du marquisat; l'hôtel est pourvu de journaux, pianos etc.; il est à proximité du *Stein*, dont on a tant parlé.

Un cinquième hôtel, avec bains, c'est l'*Ange*, situé dans la haute ville. Comme tous les autres, il est très recommandable.

Cette bonne ville de Rheinfelden n'a pas voulu rester en arrière sous le rapport humanitaire. On trouve encore, pour les malades dénués de fortune, un établissement, où ils sont bien reçus et bien traités. Les subsides se partagent: le gouvernement d'Argovie donne une part, la ville une autre part et la commune d'origine du baigneur doit contribuer, selon ses ressources, pour le restant.

Il résulte de ces données que chacun peut faire choix de l'un ou l'autre hôtel, selon ses goûts et ses moyens ; il rencontrera partout une grande cordialité et des soins assidus. Pour la commodité des baigneurs, d'excellents omnibus font le service des établissements à chaque train du chemin de fer. L'affluence toujours plus considérable d'étrangers forcera d'élever de nouvelles constructions dans un prochain avenir ; déjà aujourd'hui, plusieurs personnes sont obligées, pendant la saison, de se procurer des logements dans des maisons particulières.

Deux médecins sont attachés aux bains. Ce sont MM. les docteurs Bürgi et Wieland ; l'un et l'autre prodiguent aux malades des soins vigilants et éclairés.

Nous nous sommes passablement étendu sur l'histoire de Rheinfelden, ses environs etc. Mais la partie principale de l'ouvrage que nous livrons au lecteur, est, sans contredit, celle qui va traiter de l'essence même des bains salins, de la manière de les employer avec succès, et enfin de leur efficacité dans les nombreuses maladies qui affligent l'espèce humaine. On doit bien le penser, les renseignements que nous allons donner à cet égard, ne nous appartiennent pas ; nous les avons puisés dans la brochure que vient de publier, cette année même, M^r le Dr Wieland, sur les eaux salines de Rheinfelden. Nous avons lu et relu ce remarquable travail, et, par notre propre expérience, nous avons appris à connaître, combien sont justes et sages les nombreux conseils, que donne cet habile praticien.

Les résultats de l'analyse chimique sont, en résumé, les suivants: Immédiatement après la sortie du puits des salines, la température de l'eau est de 7-8° R.; cette eau est aussi limpide que celle d'une source ordinaire. Un litre de ce liquide pèse 1,205. 69 grammes, et il renferme diverses substances, dans lesquelles domine, pour la presque totalité, le chlorure de sodium (311,6320 grammes). On voit par là, ce que reconnaissent d'ailleurs tous les hommes de l'art, que les eaux salines de Rheinfelden doivent être classées au nombre des plus fortes de ce genre, à cause de la quantité considérable de chlorure de sodium qu'elles renferment; pour cette raison, elles ne sont plus susceptibles d'absorber la moindre parcelle de substance saline. De chaque pot d'eau on extrait environ une livre de sel de cuisine. Cette circonstance mérite d'être signalée, pour établir une comparaison entre les eaux de Rheinfelden et les eaux salines d'autres endroits, comme aussi pour juger de la force de chaque bain séparé.

Quant aux *effets directs* du chlorure de sodium, on peut affirmer que l'eau saline de Rheinfelden, employée à une température de 24-28° R., a pour conséquence ce qui suit:

1) Elle irrite la peau, partant tout le système nerveux périphérique et, par là, elle augmente l'action qui réagit sur le système nerveux central. 2) Par sa force absorbante, elle augmente la circulation du sang, de laquelle dépend ce qu'on appelle la force d'activité de la peau et des reins.

Les bains salins purifient aussi le sang dans certaines affections. Chez les personnes très impressionables, à la peau délicate et facilement disposées à la transpiration, l'irritation se manifeste principalement par des démangeaisons, des picotements, des sueurs plus abondantes, une plus forte chaleur, et quelquefois aussi par une éruption ou fièvre miliaire. Il n'est pas rare de voir se produire l'un ou l'autre de ces symptômes, après l'emploi de quelques bains seulement.

C'est ici, dit M. Wieland, le cas de combattre une opinion erronée et répandue dans le public, sur l'efficacité des bains salins; cette opinion, facilement accréditée, a déjà poussé bien des gens à faire un emploi abusif de ces bains. On s'imagine assez généralement, mais à tort, et à ses dépens, que les bains salins fortifient sans réserve le corps, dans toutes les maladies; il se trouve donc des baigneurs qui, sans consulter l'homme de l'art, se contentent de suivre les avis du domestique qui prépare les bains, n'ayant pas la moindre expérience dans la partie. Ces imprudents baigneurs voudraient toujours voir augmenter la quantité de pots d'eau saline, et ils resteraient volontiers pendant une bonne heure dans le bain. Mais ils sont bientôt punis de leur témérité, par des congestions au cerveau, aux poumons et au cœur, par des vertiges, des évanouissements, une aggravation de leurs maux, etc. etc. Les bains salins augmentent momentanément la pesanteur du corps, par les substances qui s'y introduisent, mais ils ne le fortifient que lorsque ces substances sont remplacées par d'autres, d'une quantité équivalente. Tels sont les principes fondamentaux qui doivent servir de base, pour faire une cure avec succès ; telles sont aussi les raisons pour lesquelles ces mêmes bains produisent des effets opposés dans certaines affections.

Mr. Wieland donne ensuite l'énumération des diverses maladies, où les bains salins agissent avec efficacité :

1° Dans un grand nombre d'affections de la *peau,* dont la brochure du Docteur fournit le détail ;

2° Dans les affections chroniques *des muscles* et des *articulations* (rhumatismes), qu'il *y* ait paralysie ou roideur des membres et des articulations. Les personnes atteintes de ces maladies sentent bientôt se dissiper leurs douleurs ; après quelques bains, elles éprouvent un soulagement notable ; la paralysie diminue, et dans le courant de la cure, les articulations roidies reprennent leur souplesse.

3° Dans les cas de *goutte ;* cette affection rend la marche pénible ; elle occasionne diverses paralysies ou roideurs, et elle provoque l'enflure ou le rétrécissement des articulations de la partie malade.

4° Dans les affections *scrophuleuses* de tout genre ; celles-ci produisent des grosseurs ou glandes au cou, dans les fosses nasales, aux oreilles, aux yeux, etc. On doit encore mentionner bon nombre d'inflammations chroniques des articulations et du sommet de la tête, parce que, très souvent, ces maladies sont en rapport avec les affections scrophuleuses proprement dites. Dans ces derniers cas, les bains salins produisent des effets surprenants; ces effets sont d'ordinaire si prompts et si rapides, qu'ils méritent d'être signalés à l'attention spéciale des médecins et des malades. Ceux-ci, en faisant usage de ces bains, mettraient bientôt un terme à leurs maux. Les personnes qui souffrent des affections ci-dessus, reprennent, déjà après quelques jours de cure, bonne mine et bonne humeur, leurs forces augmentent, les ulcères se cicatrisent, la peau se colore; enfin tout l'organisme revient à son état normal.

5° Dans toutes les *affections chroniques catarrhales* du palais, des amygdales, du larynx, et des trachées-artères; dans les affections tuberculeuses au 1er degré des poumons, de l'estomac, du canal intestinal, des reins et de la vessie. Ici encore les bains salins produisent des résultats, que l'on n'obtiendrait pas dans beaucoup d'autres établissements; après une cure régulièrement suivie, les organes affectés reprennent leurs fonctions naturelles d'une manière durable.

6° Dans les *inflammations et enflures chroniques des organes intérieurs,* principalement du cœur, de la rate, des reins, de la vessie, et dans tous les cas où il s'agit de combattre les suites de la fièvre intermittente.

7° Dans *les maladies des femmes,* telles que inflammations et enflures des *organes génitaux,* glandes aux seins, fleurs blanches, interruption des règles et tous autres dérangements physiques que ces maladies entraînent après elles.

8º Dans les cas de *rachitisme ;* indépendamment des effets ordinaires des bains salins, ceux-ci agissent, comme pour les affections scrofuleuses, en purifiant la masse du sang. Enfin dans la *syphilis secondaire et tertiaire.*

En revanche, on comprendra que les bains salins ne peuvent être employés dans aucun cas de maladie aiguë, accompagnée de chaleur, fièvre, à cause de l'augmentation de substance, qui pénètre dans le corps, et de l'irritation excessive que ces bains produisent sur le système nerveux central. Citons entre autres, les inflammations aiguës du cerveau, de la moëlle épinière, et le ramollissement de ces organes, qu'il provienne ou non d'une attaque d'apoplexie ; les inflammations aiguës des poumons, du diaphragme, du cœur, du péricarde, et des intestins ; les affections aiguës des articulations ; enfin, tous les cas de fièvre aiguë quelconque. En général, les personnes d'un tempérament très irritable, faibles de nerfs, ou chez lesquelles il y aurait appauvrissement du sang, ne doivent prendre les bains salins qu'avec la plus grande circonspection.

Passons actuellement aux directions et aux conseils que donne M. Wieland, pour rendre la cure aussi fructueuse que possible.

Quant aux malades qui ont encore une partie de leurs forces, il est préférable qu'ils se rendent au bain avant le déjeuner, de 6 à 8 heures du matin, parce que le corps est bien reposé et qu'il est plus en état d'absorber les substances salines. Les personnes faibles feront mieux de se baigner, entre 10 et 11 heures, après avoir fait la digestion du déjeûner. Inutile d'ajouter qu'on doit s'abstenir d'aller au bain immédiatement après avoir mangé, ou pris une certaine quantité de boisson alcoholique; cela troublerait la digestion, et l'on s'attirerait des congestions au cœur, aux poumons, ou au cerveau, peut-être même un coup d'apoplexie. Il est très rare de conseiller les bains après dîner, de 4 à 7 heures du soir. On voit souvent des malades demander s'ils peuvent se baigner 2 fois par jour, même plus; ils s'imaginent ainsi pouvoir gagner du temps, et retourner plus vite à leurs occupations; mais les malheureux économiseraient aux dépens de leur santé; c'est pourquoi, ajoute le Docteur, je leur répondrai par un *Non formel;* car tous les symptômes, si souvent rappelés, quant à la surexcitation du système nerveux central, ne tarderaient pas à se manifester. Bon nombre de personnes, après avoir pris quelques bains, *une seule fois par jour,* se plaignent déjà d'une grande fatigue, d'un affaissement général, de battements de cœur plus fréquents et de pesanteur dans la tête.

On doit entrer tranquillement dans le bain, sans chemise ou manteau, après s'être soigneusement essuyé la peau, en cas de moiteur; il faut que la substance saline pénètre directement dans les pores; d'ailleurs, en gardant une chemise mouillée on s'exposerait à un refroidissement, que l'on évite si le corps reste nu. Il est bon de se frictionner, pendant quelques instants, la peau avec la surface de la main; de cette manière, les molécules se dissolvent plus facilement, l'épiderme devient plus souple, plus subtile et la circulation du sang sera plus active. Pendant toute la durée du bain, on doit rester en repos, et ne s'occuper d'aucune affaire quelconque.

Les bains salins se prennent tièdes, à une température de 24 à 28° R. au plus, selon la force du malade et son plus ou moins d'irritabilité; cette température, doit correspondre à la chaleur du sang, pour faciliter, le plus promptement possible, l'absorption des substances salines dans la peau. En donnant à l'eau une température plus faible, on n'obtiendrait pas ce résultat; du reste, la nature du baigneur repousse d'elle-même tout envahissement de frisson. Un simple bain, avec une température de 28 à 29° R., augmente déjà les battements du pouls; il provoque une évaporation des poumons, il donne des sueurs et des angoisses; à plus forte raison en est-il davantage pour les bains salins qui, employés avec la température ci-dessus, irritent suffisamment l'ensemble du système nerveux. On ne saurait donc assez le répéter, un emploi aussi abusif des eaux provoquerait chez le malade des congestions aux parties nobles, ou à toute autre partie faible du corps, dont les suites seraient très funestes.

Encore une fois, la température du bain doit se régler d'après la constitution du malade; l'un frissonnera souvent avec 26° R., tandis que l'autre se trouvera encore bien avec 24° R. seulement En somme, le baigneur ne doit avoir ni frissons, ni trop de chaleur. La raison doit guider les malades, et leur faire comprendre, qu'en ajoutant une nouvelle quantité d'eau chaude à la portion réglementaire, ils s'exposent à de graves dangers.

De 5 à 30 minutes, la peau a pompé toutes les substances dissoutes dans le bain, qu'elle est susceptible d'absorber; ces substances sont bientôt repoussés hors du corps. Tel est, continue M. Wieland, le motif, pour lequel je fixe la durée des premiers bains à 5 minutes, en augmentant, graduellement, jusqu'à 30 minutes au plus; très souvent, j'en reste là jusqu'à la fin de la cure. Dans bien d'autres bains il est d'usage de laisser les malades dans le bain une heure et même davantage; ici il ne peut absolument pas en être question.

En sortant du bain, chaque malade doit s'essuyer le corps avec du linge chaud, puis avec un morceau de flanelle, afin d'enlever jusqu'à la plus petite molécule de substance saline; s'il en restait quelque peu, cela pourrait entraîner des refroidissements et augmenter les douleurs, car ces substances attirent l'humidité, qui se trouve dans l'air. Par la même raison, on ne doit jamais laisser l'eau atteindre les cheveux et le sommet de la tête, mais seulement le niveau de la poitrine et des épaules. C'est encore ici le cas de prémunir les baigneurs contre les dangers de se promener, après le coucher du soleil, ou dans les endroits exposés aux courants d'air, par des temps pluvieux et humides. En suivant ces prescriptions, le malade se trouvera toujours mieux; les bains augmentent l'appétit, et provoquent une grande abondance d'urines; cet état de choses se maintient pendant toute la cure, et il se prolonge souvent quelques semaines après.

Selon les circonstances et le tempérament des malades, il est souvent nécessaire de leur faire prendre, immédiatement après la sortie du bain, ou après s'être promenés pendant quelques temps, un déjeûner complet, ou un bouillon très fortifiant. Les personnes faibles se mettront de suite au lit. Toutefois, on ne peut conseiller ni l'un ni l'autre d'une manière absolue.

Quant à la question de savoir, combien de pots d'eau saline on doit mélanger avec l'eau du bain ordinaire, il est clair que, si l'on considère les effets physiologiques du sel de cuisine, cette quantité se déterminera suivant le plus ou moins d'irritabilité de la peau, la constitution des malades, et enfin le caractère de l'affection, dont ils sont atteints. Plusieurs personnes ne supportent que fort peu d'eau saline, ce qui néanmoins leur rend la santé, déjà pendant la cure; d'autres peuvent en employer, sans inconvénient, jusqu'à 20 pots et plus. Il est impossible de rien fixer à cet égard d'une manière absolue; le médecin seul peut déterminer le quantum convenable. C'est lui aussi qui doit observer le moment, où la peau est saturée de substance saline, et jamais on ne devra dépasser le nombre de pots nécessaire; loin d'être profitable, cela serait au contraire nuisible au malade.

Le Docteur combat ensuite énergiquement l'opinion mal fondée, mais facilement accueillie dans le monde, que tous les malades subissent une crise générale; qu'ils sont profondément abattus; qui'ls ressentent une aggravation dans leurs maux, etc. etc.

On ne fait pas une cure de bains, pour se rendre plus malade, et pour garder la chambre au lieu de se promener. Sans doute il se présente des cas de surexcitation nerveuse, mais qu'on ne l'oublie pas, cela provient uniquement de ce que l'on a pris les bains trop forts, en d'autres termes, de ce que l'on a fait immodérément usage de l'eau saline; dès lors, et en toute circonstance, on doit prendre les précautions nécessaires. A l'apparition des symptômes, qui an-annoncent la saturation de la peau, il est indispensable de suspendre les bains pendant un ou plusieurs jours; lorsque le corps est reposé, le malade peut reprendre sa cure avec beaucoup de vigilance, s'il tient à obtenir du succès.

On emploie aussi les eaux salines sous forme d'inhalation. Ce mode a produit de brillants résultats dans plusienrs affections, telles que catarrhes du palais, du larynx, des organes respiratoires, des poumons, etc.

En outre, on fait avec ces mêmes eaux bien délayées, des cataplasmes, dont on se sert pour guérir les ulcères, la carie et les enflures.

Enfin, tout en prenant les bains salins, il n'est pas rare d'y voir ajouter, comme complément, quelques bains froids et des douches d'eau courante. Ce procédé est très efficace pour les personnes fortement éprouvées par l'eau saline.

Mr. Wieland parle encore du régime à suivre pendant la cure. L'appétit augmente de jour en jour, mais il ne faut pas le satisfaire outre mesure; il est prouvé par l'expérience, que certains aliments, tels que légumes, fruits, salade, pâtisseries et entremets, occasionnent souvent des maux d'estomac, des ventosités, des diarrhées, des coliques, etc. Cela est indispensable, lorsque l'on boit encore des eaux minérales pendant la cure ; en effet, après avoir terminé cette boisson, on est sujet à de nombreux dérangements dans les fonctions digestives. En un mot, il est reconnu que les bains salins, pris sans autre complément, possèdent, à eux seuls, les qualités requises comme moyen de guérison.

On a aussi essayé, mais sans succès, de faire boire les eaux salines, mélangées en petite quantité, avec de l'eau de source.

La plupart des malades demandent combien il faut de bains pour faire une cure en règle ; il est assez difficile de les édifier sur ce point. Cela dépend essentiellement du caractère de l'affection, de sa durée et de la constitution du malade. Néanmoins, généralement parlant, on peut dire, que 28 à 35 bains, pris dans l'espace de 4 à 5 semaines, suffisent pour achever une cure, en admettant, selon toute probabilité, que les résultats subséquents seront couronnés de succès. Au surplus, continue le Docteur, si je ne puis assez conseiller de nombreuses promenades par un temp sec, pour respirer l'air pur de la campagne, en revanche, je dois recommander aux baigneurs, de s'abstenir de toute marche forcée et fatiguante ; cela les obligerait souvent de cesser les bains pendant un ou plusieurs jours.

Les personnes gravement malades n'ajoutent pas, d'ordinaire, grande croyance aux effets de la cure après coup; toutefois on peut soutenir hardiment, et l'expérience l'a démontré, qu'elles doivent y compter. Plusieurs baigneurs sont déjà partis sans soulagement considérable, mais une fois rentrés chez eux, leur état s'est, pour le moins, amélioré d'une manière sensible, dans l'espace de 6 à 12 semaines, en observant un régime et en évitant tout excès de travail.

Ces faits démontrent la puissance que possède la peau d'absorber les substances salines; elles se répandent insensiblement dans le sang, les vaisseaux lymphatiques et dans tout l'organisme, en y apportant la force et la vie; autrement, il serait impossible de se rendre compte des effets postérieurs de la cure.

Enfin, on doit encore faire observer que les bains salins sont plus efficaces au printemps, pendant la croissance des jours; quant aux bains d'essence de pin et aromatiques, il est constant que les meilleurs résultats s'obtiennent au printemps.

Guérisons.

Nous allons encore puiser dans la brochure de M. Wieland quelques cas remarquables de guérisons, que nous croyons devoir faire connaître au lecteur, pour son édification.

1° En 1863, une jeune fille de D . . ., âgée de 12 ans, vint à Rheinfelden. Elle portait tous les symptômes d'une affection scrofuleuse très grave, qui se manifestait, principalement à l'occiput, à la nuque et aux oreilles; cette affection avait aussi provoqué une inflammation chronique des deux yeux. J'entrepris la cure, dit le Docteur, par des bains à 26° R. avec 2 pots d'eau saline; j'augmentai tous les jours d'un pot jusqu'à 10, plus tard je fis ajouter à chaque bain de 1 à 5 pots d'eau-mère, enfin je redescendis, dans la même proportion, jusqu'à 4 pots d'eau saline. Trois semaines après, le père de cette jeune fille, médecin lui-même, vint la chercher. Il s'apperçut, avec surprise et avec la plus grande joie, que non seulement son enfant avait repris un air florissant, mais encore que ses maux d'yeux et l'affection cutanée avaient complètement disparu. Depuis lors, cette jeune personne jouit d'une santé parfaite.

2° Le Sʳ A . . . B . . . . de L . . . ., fut envoyé à Rheinfelden en 1862. Ce garçon, âgé de 16 ans, pâle, maigre et d'une constitution essentiellement scrophuleuse, avait pris deux fois, mais inutilement, pendant plusieurs semaines, les eaux de Louèche et de Schinznach; mais il ne put faire disparaître les nombreuses «taches suintantes», répandues depuis son enfance, sur la tête et sur la nuque; ces taches avaient fini par envahir les extrémités du corps. Il fit une cure de bains salins de 4 semaines, toutefois avec interruption, 15 jours au printemps et 15 jours en automne; il employa de 4 à 18 pots d'eau saline et redescendit jusqu'à 9. Les résultats furent surprenants; on vit bientôt les taches se sécher, disparaître et les écailles se dissoudre, la peau redevint partout également lisse et saine, l'organisme se fortifia dans son ensemble et la figure reprit toute sa

4

fraîcheur. La cure d'automne ne fut faite que par précaution, pour se prémunir contre le retour de la maladie ; enfin celle-ci disparut pour toujours, et le jeune homme est actuellement rendu à la santé.

3° Mme B.... de M...., âgée de 38 ans, fit aussi une cure de bains salins. Elle se plaignait d'une faiblesse générale et d'appauvrissement du sang ; de temps à autre de palpitations de cœur, d'oppressions et de douleurs dans les articulations ; ces affections provenaient d'un rhumatisme aigu, dont elle avait été atteinte plusieurs années auparavant. Ni la malade, ni son médecin n'avaient l'espoir d'obtenir un soulagement durable. Elle prit les bains avec 3 jusqu'à 15 pots d'eau saline ; petit à petit les forces revinrent, elle récupéra bonne humeur et l'appétit augmenta en proportion, les palpitations et les autres douleurs dans les articulations disparurent ; enfin, après une cure de 4 semaines seulement, elle retourna dans ses foyers parfaitemeet guérie.

4° Mr. le docteur Sch...Ph., âgé de 38 ans, souffrait depuis 1864, d'un rhumatisme dans les muscles ; le haut du bras gauche était attaqué à tel point qu'en commençant sa cure, l'année suivante, il pouvait à peine le remuer dans la région du coude ; tout autre mouvement lui était impossible. Il avait perdu l'appétit, était sujet aux diarrhées, et très amaigri. Il employa jusqu'à 22 pots d'eau saline par bain, sans qu'on vît apparaître le moindre symptôme de surexcitation, ce qu'il faut attribuer vraisemblablement à l'épaisseur et à l'endurcissement de la peau. Au moment de son départ, après 5 semaines de cure, les articulations du bras gauche étaient libres, et il ne restait plus de trace des autres douleurs; enfin tout était revenu; l'appétit, la digestion et la bonne humeur.

5° Mr. M .... de H ...., instituteur, âgé de 42 ans, atteint depuis 1851, de goutte très intense, avec enflure douloureuse de presque toutes les articulations, vint pour la première fois à Rheinfelden en 1864, après avoir cherché, en vain, du soulagement à ses maux dans plusieurs autres établissements de bains. Il fit entre autres en 1855 et 1856, une cure à Baden, dans le canton d'Argovie; là il prit les bains à une température de 28° R., mais cette cure lui fut plutôt nuisible que profitable; la première fois il arriva sans avoir besoin d'aucun soutien, et en partant, il dut s'appuyer sur un bâton; la seconde fois il fut obligé d'employer des béquilles pour retourner à la maison. Il se rendit ensuite à Buchenthal, canton de St-Gall, pour faire la cure d'eau froide; cette cure fut suivie de quelques succès seulement passagers; il voulut la réitérer, mais elle ne lui servit plus à rien. Peu de temps avant d'arriver à Rheinfelden, il passa quelques jours à Schinznach où ses douleurs augmentèrent journellement; la peau devint de plus en plus sèche et brûlante, la transpiration disparut tout à fait, et les souffrances lui enlevèrent presqu'entièrement le sommeil. Son état était alors des plus déplorables. Il avait beaucoup de peine à remuer les épaules, les coudes, les mains et les hanches; les articulations des genoux étaient roides et tendues, il ne pouvait plus marcher, et il fallait le porter chaque fois dans le bain. Tout son corps était amaigri, il digérait péniblement, enfin son humeur était sombre et noire. Il employa de 3 à 15 pots d'eau saline, mais pendant les 5 semaines qu'il fit la cure, il fut obligé de suspendre les bains pendant un ou plusieurs jours, à la suite des symptômes qui annoncent la saturation de la peau. Après deux bains de 26° R. seulement, il sentit une augmentation de chaleur naturelle, et déjà la nuit suivante survint une transpiration abondante, faveur dont il n'avait plus joui depuis longtemps. Les douleurs du malade diminuèrent petit à petit, il éprouvait un grand bien-être dans le bain, et bientôt l'appétit et la vie revinrent. Au bout de 15 jours, il essaya de marcher seul; il y parvint, en s'avançant lentement et avec précaution. Vers la fin de la cure, il fut tellement soulagé qu'il descendit, sans le secours de personne, deux rampes d'escaliers pour aller au bain. Tout son corps avait repris un air plus vif et plus dégagé. Trois à quatre mois après, continue le Docteur, M.... m'écrivit, pour me faire part des excellents effets qu'il ressentit de sa cure. L'année suivante il revint, prit de nouveau les bains pendant 5 semaines et, cette fois, le soulagement qu'il obtint fut immense.

6° Mme B.... de A...., âgée de 63 ans, se rendit en 1863, à Rheinfelden, pour y faire une cure; ne pouvant ni marcher, ni se tenir debout, deux hommes vigoureux étaient obligés de la porter d'un endroit de la chambre à l'autre. Depuis nombre d'années elle était atteinte d'une goutte très douloureuse, qui avait enflé et roidi totalement le genou gauche; en outre le côté droit du corps était à peu près paralysé. Elle se trouvait dans un état de prostration générale, sa vue était considérablement affaiblie, elle n'avait plus d'appétit, plus de sommeil; enfin elle était toujours de mauvaise humeur. Il va sans dire qu'on devait la porter pour aller au bain et pour en sortir; cela ne lui donnait pas la moindre inquiétude, au contraire elle ne cessait de répéter : «je me crois bien portante dans l'eau.» Les 9 premiers bains produisirent un tel effet sur cette pauvre femme, qu'elle parvint à remuer légèrement le genou malade. Les divers organes reprirent de jour en jour leurs fonctions naturelles, l'appétit et le sommeil reparurent; enfin les yeux se fortifièrent, et la figure porta bientôt l'empreinte d'une meilleure santé. Après 4 semaines, Mme B . . . put déjà marcher seule, avec l'aide d'un bâton; plus tard elle n'eut plus besoin d'appui. Pouvant à la fin, refaire usage de tous ses membres, elle partit rayonnante de bonheur. Depuis cette époque elle est en pleine santé, et s'est remise de nouveau à la tête de son petit ménage.

7° P. W . . . . de F . . . ., âgé de 15 ans, arriva aux bains, pâle, maigre et découragé. D'une constitution scrophuleuse très prononcée, il avait les pieds enflés, avec carie des os du coude et des articulations de la main gauche, il ne dormait plus et les battements du pouls s'élevaient jusqu'à 120. Après trois bains seulement, les pieds désenflèrent, la fièvre se calma, il put reposer tranquillement, l'appétit revint et les parties ulcérées reprirent un aspect plus sain.

Indépendamment de 5 pots d'eau saline, on y ajouta encore plus tard jusqu'à 10 pots d'eau-mère. Au bout de 5 semaines, ce jeune garçon, auquel la vie était, pour ainsi dire à charge, fut complètement transformé; il était devenu frais, alerte, pouvant prendre part à toutes les promenades et, arrivé à la maison, il est retourné depuis longtemps à l'école avec ses camarades.

8° Mme de W.... de B...., âgée de 52 ans, d'une nature très irritable et malade depuis nombre d'années, fit à Rheinfelden une cure de 5 semaines. Elle paraît avoir été atteinte précédemment, d'une irritation de la moëlle épinière qui, de temps à autre lui faisait perdre l'usage des membres inférieurs. Dans la dernière période décennale, sa santé parut se raffermir; elle n'était plus impotente, seulement au retour du printemps, la maladie essayait de reprendre le dessus, pendant un ou deux mois. Vers l'automne de 1864, à la suite de grandes fatigues physiques, cette dame perdit subitement toutes ses forces; elle éprouva des douleurs le long de la colonne vertébrale, la respiration était saccadée, puis survinrent des angoisses et des palpitations de cœur, affections de nature spasmodiques. Pendant ces accès elle perdait pour ainsi dire, la voix, le sommeil et l'appétit; à la vérité elle n'avait pas de fièvre, le pouls était plutôt faible et lent, les urines avaient aussi beaucoup diminué; enfin elle éprouvait encore une plus grande difficulté dans l'usage des membres inférieurs; d'après les renseignements de son médecin, elle n'était pas atteinte de paralysie proprement dite,

mais il lui manquait l'énergie nécessaire pour se
tenir debout et marcher. Tel était son état lorsqu'elle entreprit la cure. Pendant tout le traitement
il fallut agir avec une extrême circonspection ; la
malade n'employa que de 1 à 4 pots d'eau saline,
et jamais elle ne put rester au delà d'une demi heure
dans le bain, car elle était subitement atteinte de
congestions à la tête et au cœur ; ces symptômes
étaient accompagnés d'une grande prostration et d'insomnie. Au moyen de ce procédé, les forces revinrent petit à petit ; elle put remuer plus facilement
les membres inférieurs, elle reprit de l'appétit et put
mieux dormir. Avant de commencer la cure il lui
était impossible de faire un pas, sans s'appuyer sur
le bras de sa suivante ; depuis lors elle put marcher
lentement, mais sans difficulté, descendre même toute
seule les escaliers. Les effets de la cure ont été si
extraordinaires, et la santé de cette dame s'est tellement améliorée, qu'aujourd'hui elle dirige et soigne
elle-même tous les détails de son grand ménage.

9° Mr. B . . . . de B . . . ., âgé de 44 ans, souffrait depuis 4 ans, d'un catarrhe de l'estomac très
douloureux. Cette affection lui occasionnait une espèce de serrement spasmodique des conduits alimen-
taires et de l'orifice de l'estomac, avec des envies
de vomir, des oppressions, des spasmes au larynx,
des enrouements, toux etc. Il était d'une maigreur
effrayante, n'avait plus de sang et presque plus de
chaleur naturelle dans le corps. Il fit une cure de
4 semaines, pendant laquelle il employa de 5 à 11
pots d'eau saline ; il prit en outre des douches légères

d'eau froide. Ce traitement lui fit beaucoup de bien; de jour en jour il devenait plus alerte et plus dispos. Il sentait, disait-il, à la suite de chaque bain, son estomac se dilater et reprendre, dans certaines proportions, son état normal; l'affection catarrhale et les spasmes disparurent, la vie et la force revinrent; l'appétit augmenta sensiblement, et la digestion fut plus régulière, sa tête se débarassa, elle redevint fraîche et légère; enfin tout le corps reprit sa chaleur naturelle et rentra dans son état normal. Depuis lors Mr. B.... jouit d'une parfaite santé.

10° Mᵐᵉ H.... de A...., âgée de 47 ans, était atteinte d'une enflure chronique de l'ovaire droit, qui lui occasionnait de violentes douleurs, immédiatement après ses règles; ces douleurs duraient, sans interruption, pendant 15 jours; elles étaient suivies de fleurs blanches très fortes, de palpitations de cœur, de maux de tête, de constipation et de temps à autre, de crampes au bas ventre. C'est dans cette situation qu'elle commença la cure. Elle employa d'abord de 3 à 12 pots d'eau saline, plus tard avec adjonction de 1 à 8 pots d'eau-mère. Après 23 bains elle partit sans amélioration bien notable, sinon que sa figure avait repris de la fraîcheur, et qu'elle avait gagné beaucoup d'appétit avec une bonne digestion. Au bout de 3 mois, Mᵐᵉ H.... écrivit à M. Wieland pour lui faire part des excellents résultats de la cure; les règles de rechef périodiques, n'étaient plus suivies de spasmes, les fleurs blanches avaient disparu, et elle ne ressentait plus rien de l'enflure douloureuse de l'ovaire droit; elle ajoutait que les forces étaient revenues, et qu'elle se trouvait très bien. L'année suivante elle répéta la cure, dans le sul but de se fortifier eucore et de se prémunir contre toute nouvelle apparition de la maladie.

11° Mme M.... de Fr...., âgée de 27 ans, femme puissante, mais pâle et très nerveuse, avait déjà fait quatre fausses couches. Atteinte d'une faiblesse générale et d'une affection douloureuse de l'utérus, elle fit à Rheinfelden une cure de 4 semaines, en employant de 2 à 5 pots d'eau saline, avec adjonction de 1 à 8 pots d'eau-mère; mais elle dut suspendre plusieurs fois les bains, éprouvant une forte irritation nerveuse accompagnée d'insomnie, de bourdonnement dans les oreilles, de palpitations de cœur et de démangeaisons à la peau. Après avoir terminé sa cure, elle se trouva fortifiée considérablement, la figure avait récupéré sa fraîcheur, et l'affection de l'utérus était guérie. La maladie n'a plus reparu depuis lors.

12° Mr. R.... de Z...., d'un âge mûr, était atteint de syphilis secondaire, avec induration de plusieurs glandes externes du cou et des côtés. Il fut radicalement guéri de cette affection, après 23 bains, dont chacun contenait de 4 à 18 pots d'eau saline. Lorsqu'il fut arrivé au 18° pot, la saturation se manifesta par divers symptômes, tels que fièvre (96 battements du pouls), insomnie, irritation nerveuse, tremblements, sueurs, maux de tête, palpitations de cœur, et perte d'appétit. Il fallut suspendre les bains pendant deux jours; il les reprit ensuite en employant 15 pots, et en redescendant successivement jusqu'à 6 pots, à la fin de sa cure.

Nous n'avons cité qu'un très petit nombre de guérisons opérées par les eaux salines de Rheinfelden, pour ne pas abuser de la patience du lecteur.

En terminant, M. Wieland dit que cela conduirait trop loin, si l'on voulait relater les affections de tout genre qui atteignent surtout les femmes, à la suite de couches, affections qui ont été guéries par l'effet seul des bains salins. Il ne faut donc pas s'étonner si le nombre des dames, qui viennent à Rheinfelden, augmente chaque année.

Epilogue.

Pendant mon séjour à Rheinfelden, j'ai été témoin d'une fête charmante, d'une véritable fête de famille, qui a laissé de bien doux souvenirs parmi les habitants et les nombreux baigneurs, qui s'y trouvaient alors; je veux parler de la réunion annuelle de la Société suisse des sciences naturelles, qui eut lieu dans ses murs les 9, 10 et 11 septembre 1867.

Déjà dans la journée du 8, la ville s'était pavoisée de drapeaux aux couleurs fédérale et cantonale, de guirlandes et d'écussons avec divers emblêmes; elle voulut fêter dignement l'arrivée de ces savants de tous pays qui, pour la première fois, l'avaient choisie comme rendez-vous de leurs pacifiques délibérations.

Les séances de la société commencèrent le lundi à 9 heures du matin; elles eurent lieu alternativement, dans les vastes et belles salles de la nouvelle maison d'école et dans la spacieuse église collégiale.

On y traita comme d'habitude, divers sujets très intéressants, dont la relation ne peut entrer dans le cadre de cet ouvrage. Nous voulons seulement parler de l'accueil fait à la société.

Après la première séance, il y eut grand banquet au *Rhein-Sool-Bad*; puis vers les 5 heures, par une splendide soirée d'automne, tous les sociétaires se rendirent aux salines, pour visiter ce bel établissement et accepter la collation, qui leur était offerte. Une agréable surprise les y attendait; les élèves des écoles primaires avaient préparé, et ils donnèrent à ces Messieurs, une représentation dramatique rendue avec beaucoup de verve et d'entrain. A la nuit tombante, on servit la collation dans un vaste emplacement couvert, brillamment illuminé. Environ 200 personnes animées d'une franche gaîté, prirent place à des tables abondamment pourvues; de fraîches jeunes filles, vêtues de blanc et couronnées de lierre, remplissaient, avec une grâce parfaite, l'office de sommelières; enfin la musique de la ville faisait entendre de suaves harmonies, alternant avec les toasts et les décharges réitérées de l'artillerie. La fête fut bientôt égayée par des chants de tout genre; l'enthousiasme devint général, et ce n'est que bien avant dans la nuit, que tout le monde, inviteurs et invités, rentrèrent en ville.

Le second jour, après le dîner à la *Couronne*, MM. les savants prirent le chemin de fer pour faire une excursion jusqu'à Laufenbourg, où ils avaient été invités. On doit bien le penser, ils y furent reçus comme des frères et des amis. Le vin d'honneur leur fut offert et tous les habitants rivalisèrent de zèle, pour leur être aussi agréables que possible. Vers les 8 heures du soir, les sons de la musique militaire, mêlés au bruit du canon, annoncèrent le retour des sociétaires. La ville présentait alors un aspect inaccoutumé et vraiment féerique; elle étincelait de mille feux, on était inondé par les lumières des lanternes vénitiennes, aux couleurs éclatantes, par celles des transparents, et des feux de Bengale, qui brillaient de toutes parts. L'illumination était digne d'une grande cité. Musique en tête, les hôtes de Rheinfelden parcoururent une grande partie de la ville, accompagnés d'une foule immense, qui leur donnait les témoignages de la plus vive sympathie. A dix heures, tout rentra dans le silence et l'obscurité; chacun regagna son domicile pour se reposer des fatigues de la journée, et reprendre de nouvelles forces pour le lendemain.

Il était réservé à l'hôtel *du Carabinier* de donner à MM. les naturalistes le repas d'adieu; comme ailleurs, l'excellente table fut assaisonnée d'expansion et de bonne humeur. Puis toute la société monta en voiture et traversa la ville, pour aller visiter les ruines d'*Augusta Rauracorum*. Arrivée à sa destination, elle fut complimentée par une députation du gouvernement de Bâle-Campagne, qui s'était rendue à *Augst* dans cette intention. Plusieurs dames ayant pris part à cette charmante promenade, on ne pouvait mieux clôre la journée qu'en improvisant un petit bal champêtre, qui fut le bouquet de la fête.

Dans toutes les réunions qui ont lieu en Suisse,

règnent une cordialité proverbiale et un ordre parfait ;
les étrangers sont unanimes pour le reconnaître et
cela les frappe. Chez nous, en pareille occasion, on
n'a pas besoin de force armée, comme on le voit
dans les pays monarchiques. Le peuple suisse est
trop jaloux de son honneur et de sa liberté pour se
faire entourer de sbires, dont la présence serait hors
de propos.

*   *   *

Que le lecteur veuille bien nous permettre de
lui parler encore d'un autre spectacle, qui fit l'objet
de toutes les conversations à Rheinfelden. Un jour,
on vit descendre sur le Rhin, comme un point noir
qui, au fur et à mesure qu'il approchait, présenta
l'aspect d'un esquif léger violemment battu par les
flots. Chose curieuse, on n'en voyait sortir que la
tête d'un homme, le reste du corps était littéralement
emprisonné dans le bateau ; il s'avançait à force de
rames et débarqua enfin ruisselant d'eau et de sueur.
Cet homme, on l'a déjà deviné, était un Anglais ; il
avait fait le pari de naviguer seul sur l'Aar et Rhin,
depuis Thoune jusqu'en Hollande, dans l'espèce de
coquille de noix qui lui servait de nacelle. Après
s'être bien reconforté et séché, notre insulaire rentra
flegmatiquement dans son singulier logis, pour continuer sa course jusqu'au terme de son voyage.

Peu de jours s'étaient à peine écoulés, qu'on vit
une répétition de cette scène bizarre ; un autre fils
d'Albion descendit le Rhin de la même manière que
son prédécesseur ; seulement il fit encore preuve de

plus de courage et de sang froid. Au lieu de débarquer, il amarra son bateau à un des piliers du pont, s'élança dans le fleuve et il atteignit à la nage le bord. Il renouvela en partant la même opération. N'a-t-on pas raison de le dire : *Les Anglais seront, en tout et partout, toujours des Anglais !*

En terminant notre modeste récit, saluons encore une fois cette bonne ville de Rheinfelden ; saluons le Rhin, ce fleuve majestueux, si riche en souvenirs ; saluons ces fertiles campagnes, ces villages, greniers d'abondance ; saluons encore les monts sévères du Jura et les riants coteaux du pays de Bade ; saluons enfin cette excellente population, cette population si honnête, si hospitalière. Souhaitons-lui comme du passé, une prospérité toujours croissante, et surtout la paix, qui seule peut faire fleurir les Nations. — En vous envoyant ce salut, je ne vous dis pas *Adieu,* mais seulement *Au revoir !*